les trois sœurs et le dictateur

Du même auteur au Rouergue

Chasseur d'orages - 2009, roman doado.
Un koala sur la tête - 2009, roman dacodac.
La cérémonie d'hiver - 2010, roman doado Noir.
L'été à Pékin - 2010, roman dacodac.
La reine des chats - 2010, roman zigzag (ill. Céline Le Gouail).

Et aussi

La gommeuse - 1997, roman, Grasset.
Le palais de la Femme - 1999, roman, Grasset.
Demain les filles - 2001, roman, Grasset.
L'enfant rouge - 2002, roman, Grasset.
Brûlements - 2006, roman, Grasset (prix Plume d'or 2006).
Unica - 2007, roman, Stock (grand prix de la SF 2008, prix Rosny).
L'aérostat - 2008, roman, Grasset.
Les disparues de Vancouver - 2010, roman, Grasset (prix Erckmann-Chatrian 2010).
L'homme qui haïssait les femmes - 2011, roman, Grasset.
Le palais de la mémoire - 2011, roman, Calmann-Lévy.
Ma vie précaire - 2012, roman, Calmann-Lévy.

www.lerouergue.com

doado

Élise Fontenaille

les trois sœurs et le dictateur

rouergue

Aux quatre sœurs Mirabal :
Minerva, Maria-Teresa, Patria, Adela,
et à leur magnifique famille, si accueillante.

À Ariane, Morgane, Alice, Aurélien...
En souvenir de bien des nuits à la belle étoile,
sur les toits de Santo Domingo.

Merci à Isabelle et Claude
de m'avoir fait venir dans l'île – Hispaniola / Kiskeya –
et de m'avoir menée jusqu'au jardin
des sœurs Mirabal, un 25 novembre.

Grand merci à Chantal,
pour la chambre avec vue sur la mer, à Guayacanes.

Merci à Blandine Kreiss,
ambassadeur de France en République dominicaine,
et à Alain Aumis, conseiller culturel,
pour leur accueil amical à Santo Domingo.

À Antonio L.-A.,
en mémoire d'une semaine particulière,
il y a longtemps déjà.

À Gaspard et Rémi...

retour à Hispaniola

Chère Eliza,

J'ai promis de te raconter mon voyage à Santo Domingo en détail, je commence maintenant, dans l'avion ; je t'écris comme ça vient, ne t'étonne pas si c'est un peu décousu.

En ce moment, nous traversons une mer de nuages roses comme de la barbe à papa… Fabuleusement beau ! Je ne comprends pas comment les gens peuvent manquer ce spectacle… À part moi, tout le monde dort dans l'avion.

La terre se rapproche ! L'océan plutôt, par le hublot je vois les contours de l'île de très haut, on dirait un dessin d'enfant. La voici enfin, Eliza, cette fameuse île dont nous sommes issues, toi et moi !

Haïti à gauche, Santo Domingo à droite…

Les Dominicains l'appellent Hispaniola, les Haïtiens Kiskeya, mais c'est la même… coupée en deux.

Je prends une photo de notre île, je te l'envoie dès que nous sommes en bas.

Les hôtesses passent réveiller les passagers avec du thé et du café, les femmes se maquillent toutes en même temps, sauf moi. C'est drôle à voir : tout un avion qui se pomponne d'un coup... Et ça jacasse !

Une vraie volière. Quand je pense qu'il y a quelques minutes tout le monde dormait...

Il y a beaucoup de femmes dans l'avion : elles rentrent passer les fêtes en famille, elles ont dormi avec des résilles sur la tête, pour ne pas arriver décoiffées.

Ma voisine a sorti une trousse de maquillage de la taille d'un attaché-case, avec au moins cent couleurs, impressionnant ! Elle se repeint le visage comme si c'était un tableau. Elle était jolie au naturel, mais là ça devient tout autre chose : une conquérante.

Je l'ai photographiée pour te montrer : avant-après.

Je te laisse, Eliza, l'avion pique du nez, moi aussi je vais me maquiller un peu, histoire de faire bonne figure devant mon cousin Antonio... Qu'il ne me trouve pas trop terne, au milieu de toutes ces beautés qui vont jaillir de l'avion dans quelques minutes ! Et fouler le tapis de l'aéroport comme des princesses...

J'ai enfilé ma plus belle robe, et même des souliers à talons hauts : ceux que tu m'as offerts, tu t'en souviens ? Ça change tout, d'être juchée sur des échasses de onze centimètres !

Elles m'ont porté chance, mes échasses élégantes : je suis sortie la première, ça m'a paru un heureux présage, d'être la toute première à poser le pied à Santo Domingo...

Le sourire d'Antonio, quand il m'a vue débarquer :

– Une conquistadore !

C'est ce qu'il m'a dit, en m'embrassant, avant d'ajouter :

– Bienvenue au pays natal, ma jolie…

Et il m'a emmenée chez lui, dans sa voiture bleue comme un ciel d'été.

C'est étrange, Eliza… Depuis que j'ai posé le pied – enfin, tes souliers ! – sur le sol dominicain, tout me semble à la fois irréel et naturel… C'est la première fois que je viens là où mon père est né, mais il me semble que moi aussi, je suis d'ici.

La première fois que j'ai vu Antonio à San Francisco, j'ai eu la même impression : je le connaissais depuis toujours, ce beau cousin dont je ne soupçonnais même pas l'existence trois jours avant…

Sa voix, son visage, son sourire… À peine est-il entré, je l'ai tout de suite *reconnu*.

Peux-tu comprendre cela, Eliza ? Depuis qu'il est venu nous rendre visite, tout ce qui a suivi est devenu une évidence : ce voyage, seule, sans mon père, invitée par Antonio, devenu mon ami sur Facebook (comme quoi il sert à quelque chose, ce site de perdition, comme tu l'appelles…). Ce désir inconscient de savoir, de comprendre… C'était comme de suivre un fil qu'Antonio avait déposé entre mes mains, en venant nous voir, en venant *me* voir…

Entre son départ de la maison il y a six mois et mon arrivée à l'aéroport, je n'ai fait que suivre ce fil.

Et d'ailleurs, tu sais ce qu'il m'a dit, dans la voiture, alors que nous roulions vers les lumières de la ville ?

– Il me semble que je te connais depuis toujours, ma petite Mina…

Et il m'a caressé les cheveux, avec une douceur et une tendresse incroyables. Comme si j'étais son chat préféré, sa petite sœur, sa fiancée… ou les trois à la fois. (J'entends ton rire, Eliza !)

J'ai fermé les yeux, je me sentais si bien, j'aurais voulu que cet instant ne s'arrête jamais : lui et moi dans sa voiture, la musique et la nuit…

Mais je m'emballe, je perds les pédales !

Tu me connais… J'entends ta voix Eliza : « Toujours la même, ma petite Mina ! » Revenons sur terre, calmement, posons-nous en douceur à Santo Domingo, Hispaniola et Kiskeya… Nous y voilà.

Mes cousins habitent le quartier colonial, au bord de l'océan, depuis leur terrasse on voit une immense statue bras levé : celle d'Antonio de Montesinos, un prêtre dominicain qui dénonça la barbarie coloniale des Espagnols lors d'un sermon resté célèbre, le 21 décembre 1511 ; on dirait la statue de la Liberté, sauf qu'ici c'est un homme, très beau.

– Il te ressemble, je trouve… j'ai dit à Antonio.

Il a souri.

– Tu me flattes, Mina, et tu me touches : mes parents m'ont appelé Antonio dans l'espoir que je devienne un homme juste et bon, comme Montesinos. Mais je ne suis pas devenu prêtre ! J'ai hésité, a-t-il ajouté en riant, mais j'aime trop les femmes… Alors j'ai choisi de faire des études de médecine.

Les parents d'Antonio sont partis à Punta Cana pour affaires, un déplacement imprévu, je suis donc seule avec mon beau cousin, ce qui me désole, tu imagines bien. À peine le temps de poser ma valise et on est sortis, Antonio et moi. Il faisait déjà bien nuit, mais il y avait autant de monde dehors que si on était en plein jour. Tu penses si j'étais fière de me promener le soir en compagnie d'un beau garçon de vingt-deux ans, et qui a vraiment l'air d'un homme, crois-moi !

Avec ma belle robe et mes escarpins, je nous regardais dans les vitrines des magasins, et je nous trouvais bien assortis.

Il m'a emmenée chez le meilleur glacier de la ville, on léchait nos glaces assis sur un banc dans le petit parc qui entoure la cathédrale, et là on a vu passer une ravissante mariée, sa robe éclairée par les projecteurs qui jaillissaient du sol : une fée blanche avec un voile interminable… une traînée de lumière qui donnait le bras à une ombre en smoking noir.

– Regarde comme ils sont beaux ! C'est ici que j'aimerais me marier… ai-je dit à Antonio.

– Tiens donc ! Et avec qui, ma jolie cousine ?

J'ai ri sans répondre.

Dans les rues du centre, il y avait beaucoup d'Haïtiens, assis devant des dizaines de tableaux, très colorés.

– Les Haïtiens sont tous peintres ou poètes… m'a dit Antonio. J'aime Haïti, j'y vais souvent, c'est plus pauvre qu'ici mais plus vivant, là-bas les gens se battent pour survivre, et ils ont toujours le sourire…

Il m'a offert un joli petit tableau noir et blanc, stylisé, presque abstrait : une foule de femmes au marché… Il me dorlote, mon cousin.

Le lendemain on s'est levés de bonne heure, on avait dormi sur la terrasse pour respirer un peu, il avait sorti deux matelas, ne t'imagine pas que j'ai dormi dans ses bras ! J'entendais Antonio respirer, je regardais les étoiles… Je me suis endormie au paradis.

– Je t'emmène à Guayacanes ! m'a dit Antonio le lendemain matin, il fait bien trop chaud pour rester à Santo Domingo. Un village de pêcheurs tout simple, dans moins d'une heure on se baignera dans l'océan.

On est partis au moment où la gracieuse femme de ménage haïtienne commençait sa journée.

– Elle chante et rit du matin au soir, en abattant un travail de titan ! m'a dit Antonio.

Il lui parle en français, j'aime bien le son de cette langue, surtout dans sa bouche, je dois dire.

Ici c'est comme en Amérique, pire encore : ce sont les gens « de couleur » qui font les travaux les plus rudes, ils viennent presque tous d'Haïti.

– On passe la frontière et d'un seul coup, c'est l'Afrique, me dit mon cousin. À Saint-Domingue, les gens ont la peau claire, on a fait venir des Blancs et des Blanches il y a longtemps, des bagnards et des prostituées souvent, pour s'éclaircir, et ça a marché…

– Quand je raconterai ça à Eliza !

– Qui est Eliza ? a demandé Antonio.

– Ma meilleure amie, sa famille est originaire d'Haïti, on ira ensemble un jour, elle et moi.

Je lui ai montré une photo de toi, Eliza, Antonio t'a trouvée très jolie.

– Vraiment charmante ! J'aime beaucoup son sourire, on sent que c'est une belle personne.

– On s'est connues au jardin d'enfants, on ne s'est jamais quittées, on va partager la même chambre à l'université.

– Une belle histoire d'amitié.

– Exactement.

– Viens ma petite Mina.

On a roulé le long de l'océan, les maisons défilaient, des gamins plongeaient depuis les rochers, les pêcheurs sortaient leurs filets. À Guayacanes, des jolies filles en bigoudis de toutes les couleurs, assises sur le pas de leur porte, saluaient Antonio (tout le monde le connaît, j'ai pensé…). On aurait dit des bonbons, avec leurs gros rouleaux colorés.

Des jeunes avaient mis la musique à fond sur la plage, Antonio m'a prise par la main :

– Allez, viens, Mina, je vais t'apprendre à danser la bachata !

C'est la musique d'ici, légère et mélancolique, ça parle d'amour triste et ça se danse tout seul, surtout dans les bras d'Antonio.

Je me débrouille en espagnol finalement, je comprends, et dès que j'ai un peu bu, je parle sans trop d'accent. Je t'apprendrai à danser la bachata, Eliza, Antonio m'a offert le CD, tu vas te pâmer en écoutant *Que se mueran*… On a mangé du poisson grillé sur la plage, j'étais la plus heureuse du monde…

Soudain Antonio est devenu sérieux, presque grave.

– Je connais quelqu'un qui serait très heureux de faire ta connaissance, ma petite Mina.

– Ah bon ? Et qui ça ?

– Adela, ma grand-mère, mais tout le monde l'appelle Dédé. C'est ta grand-tante, je te signale.

– Papa m'a parlé d'elle, avant que je parte. Ça m'a étonnée : il ne me parle *jamais* de sa famille.

– Il t'a parlé de Minerva – ta grand-mère – tout de même ?

– Je sais juste qu'elle est morte quand il était tout bébé, ça le rend trop triste d'y penser, il refuse d'en parler, ça l'a étonné que je veuille venir ici d'ailleurs…

– Alors il faut vraiment que tu rendes visite à Dédé : elle te racontera tout ce que tu dois savoir. La jeunesse de Minerva, l'histoire des trois sœurs… Enfin, je me tais, elle te racontera tout infiniment mieux que moi.

Voilà, c'est à cet instant, Eliza, sur la plage de Guayacanes, que mon voyage a vraiment commencé : un voyage dans le passé.

Je ne connaissais rien de cette histoire jusque-là, rien de rien… Papa ne parle jamais de sa vie d'avant, et depuis que maman n'est plus là, c'est pire encore. C'est bien parce qu'Antonio est passé nous voir l'été dernier qu'il m'a laissée venir à Santo Domingo.

Ils ont discuté longtemps tous les deux un matin dans le bureau, je ne sais pas ce qu'ils se sont dit mais, après son départ, papa a déclaré : « Voilà un garçon en qui j'ai toute confiance. »

Et il m'a laissée partir seule, un miracle.

la visite à Adela

Après la plage, on a laissé le village de pêcheurs, on a salué les jeunes filles en bigoudis, toujours assises devant leur porte, Antonio a acheté de la canne à sucre à un jeune vendeur qu'il semblait bien connaître :

– C'est pour toi, Mina ! Mets ça dans ta bouche, laisse le jus fondre, c'est délicieux, ça coupe la soif et la faim.

– Décidément, tu connais tout le monde ici…

– Une île – même grande comme Hispaniola –, ce n'est jamais qu'une île : on se connaît tous…

Et moi, pendant ce temps-là, je tétais ma canne à sucre comme un bébé sa tétine, ça faisait rire Antonio.

– Tu aimes ça à ce que je vois. Petite fille, va !

Et il m'a frotté la tête avec sa belle main, tout en tenant le volant de l'autre.

À ma demande, Antonio avait baissé la capote de sa voiture, on sentait le soleil et le vent, un peu trop fort, j'aimais ça, je portais ma belle robe verte décolletée, celle qui tu aimes tant, Eliza, Antonio avait mis la musique à fond, on criait pour s'entendre, on riait…

Nous roulions vers la maison d'Adela, là où Minerva était née, et aussi mon père, je riais et j'étais émue en même temps, heureuse et troublée, même si je ne savais pas vraiment pourquoi.

Mon beau cousin, le soleil, la musique et le vent ?

Un peu tout ça, sans doute, et les enfants joyeux qui nous faisaient de grands signes, grimpés sur les talus…

– Santo Domingo salue le retour de la fille prodigue ! a crié Antonio.

La maison de Dédé était en pleine campagne, on n'était pas pressés, on a pris notre temps.

– J'aime autant qu'on arrive en fin de journée, a dit Antonio, il fera moins chaud, Dédé sera moins fatiguée.

En chemin, on a fait une pause, on a bu de la Presidente – la bière d'ici – au goulot, on a mangé du cochon rôti chez des paysans, c'était délicieux, un petit chat roux est venu lécher les miettes, j'ai failli l'emmener.

– T'es sûr qu'elle sera chez elle au moins ? On ne fait pas tout ce chemin pour rien ?

Il a souri.

– Elle est toujours chez elle, Adela, c'est la gardienne du mausolée…

Il a ajouté :

– Elle sera très heureuse de te rencontrer : tu es la seule de ses petites-nièces qu'elle ne connaît pas.

– Tu ne veux pas venir avec moi ?

– Non merci, ma petite Mina…

Il a souri.

– J'ai rendez-vous…

– Avec qui ?

Il a pris un air mystérieux.

– Je préfère que vous vous voyiez tranquillement toutes les deux : elle te parlera plus facilement.

En passant la main sur son front, il a ajouté :

– Et puis moi franchement, je la connais par cœur, cette triste histoire…

Je n'ai pas insisté.

Tout était vert, paisible, on a croisé une bande de motards à la station-service, puis des enfants menant de beaux buffles noirs sur la route, on a dû ralentir pour les laisser passer.

– Tu dormiras chez Adela, je la connais, elle ne te laissera jamais repartir ce soir…

Quand il m'a déposée au bout du chemin, il a ajouté, avec un sourire :

– Appelle-moi quand tu voudras que je vienne te chercher, la maison d'Adela est juste là.

Dans le champ en face de la maison, j'ai vu une vieille carcasse de voiture posée sur un socle, un châssis tout défoncé, exposé comme une statue.

Bizarre, j'ai pensé… qui a pu mettre ici cette épave ?

La porte était entrouverte, je n'ai même pas eu à frapper. J'ai poussé le battant, j'ai marché dans l'allée, j'ai regardé la vieille dame aux cheveux noirs avec une large mèche blanche qui jardinait, tête baissée…

Je me suis raclé la gorge, elle a tourné la tête.

– Bonjour… je suis Mina, *la fille d'Arturo*… Vous devez être Adela ?

Dès qu'elle m'a vue, elle a fondu en larmes.

– *La fille d'Arturo*… Mon Dieu… comme tu ressembles à Minerva !

Elle a lâché son sécateur, elle a essuyé ses larmes avec son tablier, elle m'a embrassée en souriant.

– Viens que je t'embrasse, ma petite Mina… Comme tu es belle ! Ça te fait quel âge ? Seize ans déjà ? Mais pourquoi ne m'as-tu pas prévenue de ton arrivée ?

Elle s'essuyait les yeux en souriant.

– C'est incroyable comme tu ressembles à Minerva ! À un moment, j'ai cru que c'était elle qui revenait… À mon âge, mon pauvre cœur, enfin ce qu'il en reste !

Elle s'est assise sur un banc à côté de moi.

– Tu es venue avec ton papa ?

– Non, il est resté à San Francisco, il a beaucoup de travail. Antonio est venu me chercher hier à l'aéroport, c'est lui qui m'a déposée ici.

– Il aurait pu venir m'embrasser !

– Il avait envie de nous laisser toutes les deux.

J'ai regardé autour de moi.

– Ton jardin est magnifique, Adela !

– Parle-moi un peu de toi, Mina… Tu fais des études ?

– Je vais commencer mon droit à la rentrée.

– Du droit ? Mon Dieu ! comme Minerva…

Elle a posé sa main sur son cœur.

– En même temps, ça ne m'étonne pas.

– Adela… Je voudrais que tu me parles de ma grand-mère Minerva.

Elle a ôté le médaillon qui pendait à son cou, elle l'a ouvert, elle m'a montré trois jeunes filles ravissantes, qui se ressemblaient incroyablement.

– Tu sais, si je commence, on y sera jusqu'à demain… Mais ton père ne t'a pas déjà tout raconté ?

J'ai hoché la tête.

– Non, il ne m'a rien dit, il ne parle pas beaucoup, tu sais… Alors je suis venue voir Antonio, et il m'a menée jusqu'à toi.

Elle a souri :

– J'ai bien fait de ne pas mourir alors…

– Oui, tu as bien fait, Adela.

Je l'ai embrassée, sa peau était toute douce et sentait le savon pour bébé. Elle a ri, elle s'est mouchée, elle est allée chercher quelque chose dans la cuisine.

Elle a pris son temps, je regardais le jardin, toutes ces fleurs magnifiques, dont j'ignorais le nom…

Elle est revenue sans son tablier, elle s'était refait une beauté, elle a posé le médaillon dans le creux de sa main.

– Voici Minerva, Patria, Maria-Teresa…

Elle m'a passé le bijou autour du cou.

– Elles sont à toi à présent.

– Mais je ne peux pas, voyons, ce sont tes trois sœurs…

Elle a eu un bon sourire.

– C'est aussi ta grand-mère…

Je n'ai plus rien dit, juste merci.

– La photo a été prise juste avant leur mort…

Adela a soupiré.

– Tu sais, Mina, je n'ai pas besoin du médaillon, leur image est en moi pour toujours… Je ferme les yeux et j'entends leur rire, je les vois courir autour de la fontaine, s'éclaboussant, riant…

Elle a hoché la tête.

– Comme nous étions heureuses en ce temps-là ! C'étaient nos plus belles années, nous ne le savions pas.

– Elles sont magnifiques tes fleurs, Adela…

Le jardin était un enchantement : les roses de toutes les couleurs, les nénuphars dans le bassin, les grands arbres, le jasmin bleu, les passiflores grimpant le long des murs, le jet d'eau… Dédé m'a pris la main.

– Ferme les yeux, et imagine quatre jeunes filles pleines de vie : des filles de la campagne ! Nous étions des enfants encore, sauf Minerva : elle avait déjà l'air d'une femme, à quinze ans.

J'ai fermé les yeux.

– Tu sais, ce n'est pas parce que c'était ma sœur… mais Minerva était vraiment la plus belle jeune fille du pays. Belle comme l'héroïne d'un conte : une peau de lait, des cheveux de jais, des yeux de feu… faite au tour, comme on disait. Une taille de guêpe, toujours élégante, et le cœur sur la main… Nous étions toutes jolies, c'est vrai, mais Minerva était plus que belle, je te montrerai des photos tout à l'heure. Ton père ne te les a pas montrées ? Ça lui fait encore trop de peine alors… Je vais tout te raconter.

Elle est allée dans la cuisine, en est revenue avec un plateau, une grande bouteille et deux verres, elle s'est servi un verre de rhum, du Barbancourt six étoiles.

– Je l'ai rapporté d'Haïti pour les grandes occasions ! elle m'a dit en m'en versant un doigt.

– Tu es trop jeune pour le rhum, ne le dis surtout pas à ton père ! On croirait boire du soleil, c'est pour fêter nos retrouvailles, Mina. On ne sait pas faire le rhum ici, le meilleur vient d'Haïti, j'y vais souvent, j'ai des amis là-bas, de bons amis, il faudra que tu y ailles un jour, ils te recevront à bras ouverts.

Elle a sorti une photo d'un album en cuir noir.

– Regarde Minerva sur cette photo, elle avait quinze ans, et là regarde-toi : on dirait des jumelles ! Si tu te coiffais comme elle… Tu es juste un peu plus bronzée, autrefois on évitait le soleil.

Elle a fini son verre de rhum d'un trait, elle a fermé les yeux, je regardais danser l'or du mien dans un rayon de soleil.

– Alors tu es venue pour que je te parle d'elle… Tu ne sais rien de Minerva, et tu lui ressembles tellement.

Elle est restée pensive un moment, captive de ses souvenirs. Elle était là, assise à côté de moi, mais je voyais bien qu'elle était loin, au pays de l'enfance.

Son regard, son sourire… même sa voix avait changé.

– Tu sais, c'est à cause de sa beauté que tout a basculé. Minerva avait un sacré caractère, depuis toute petite ! Elle était la seule à tenir tête à notre père.

Elle s'est levée, elle a pris ma main.

– Viens sous la véranda, j'adore la lumière à cette heure-ci, on baigne dans l'or.

Les fleurs bleues de la passiflore lançaient leurs vrilles sur le mur et ressemblaient à d'immenses scarabées, les oiseaux piaillaient sous les feuilles.

– Assieds-toi près de moi, prends un coussin, on en a jusqu'au soir si je commence. Tu dors ici cette nuit bien sûr, dans sa chambre, elle est prête. Tu vois, tu n'avais même pas besoin de prévenir : je t'attendais.

J'ai posé mes lèvres sur le verre de rhum, ça brûlait un peu, c'était bon, je l'écoutais.

Elle me plaisait, cette vieille tante toute neuve, lisse comme un galet poli par les eaux, volubile comme un petit oiseau. Je me sentais chez moi, dans cette maison où je n'étais jamais venue. Elle me semblait déjà si familière, avec son beau jardin…

Comme si j'avais grandi ici, moi aussi.

Peux-tu comprendre cela, Eliza ?

Tout en parlant, Adela épluchait le jasmin qui nous entourait de ses fines lianes vertes, les fleurs fraîches et blanches se mêlaient aux fleurs fanées…

Ensuite, elle n'a plus fait que parler.

Je n'avais même pas besoin de la relancer, elle a tout dévidé, comme si ses mots n'attendaient que ma venue pour s'élancer de sa bouche…

Je regardais le jasmin, les grandes bougainvillées rouges – c'est Adela qui m'a appris leur nom :

– Il y en a à Haïti aussi, elles sont aussi belles qu'ici, c'est la même île, trop souvent on l'oublie…

Je l'écoutais, je regardais le bassin noir empli de nénuphars sous les grands arbres vert sombre…

Je l'écoutais de toute mon âme, je buvais ses paroles.

– Notre père – ton arrière-grand-père donc, ma petite Mina – était un fermier qui traitait bien ses gens, dominicains ou haïtiens, tout le monde l'aimait.

Notre mère aussi était une bonne personne, toujours joyeuse, affairée ; avec quatre petites filles, elle n'avait pas le temps de s'ennuyer ! Ils nous ont élevées dans l'idée de toujours faire ce qui est juste, quel que soit le prix à payer. Ils auraient voulu nous garder avec eux, nous marier à des garçons des environs… Mais Minerva voulait absolument faire des études, alors papa a fini par céder… C'est à l'école que Trujillo l'a repérée.

– Qui ça ?

Elle m'a dévisagée.

– Ton père ne t'a jamais parlé de Trujillo !?

J'ai hoché la tête.

– Jamais.

– Je ne peux pas y croire : le monstre qui a tué sa mère… Il ne te parle vraiment de rien alors ! C'était un démon, qui régnait depuis des années par la terreur : il était venu au pouvoir par un coup d'État, en 1930, dès que quelqu'un essayait de lui résister, il le faisait jeter en prison, et on ne le revoyait jamais. En 1937, il a fait massacrer plus de vingt mille Haïtiens qui travaillaient dans les plantations de canne à sucre, on a jeté les corps dans une rivière – la rivière du Massacre.

Là je l'ai interrompue, je lui ai parlé de toi, Eliza.

– Ma meilleure amie est d'origine haïtienne…

– Alors le monde est bien petit, ma jolie ! On peut dire que Trujillo s'est acharné contre les malheureux Haïtiens, dont le seul crime était d'être pauvres et sombres de peau et de parler français… Elle parle français, ton amie ?

– Oui, chez elle, en famille.

– Elle pourrait t'apprendre alors… Une si jolie langue, la langue de l'amour !

Elle a ri, d'un rire triste.

– De l'amour, ou de la mort… Comme lors de la terrible Nuit du Persil. Pour reconnaître un Haïtien d'un Dominicain, les soldats portaient un brin de persil à la boutonnière, ils obligeaient les Haïtiens à dire le mot *perejil*, et comme il y a un r qu'ils ont du mal à prononcer, vu qu'ils parlent le créole ou le français et mal l'espagnol, eh bien ceux qui le disaient mal, ce mot maudit… on les massacrait.

Elle a hoché la tête, elle a regardé l'herbe à ses pieds, mais elle ne la voyait pas, elle voyait autre chose, une tristesse en elle.

– Depuis, je ne peux plus voir un seul brin de *perejil* : tu n'en trouveras pas dans ce jardin.

Elle a soupiré.

– Hommes, femmes, enfants : vingt mille malheureux assassinés en une nuit ! À coups de machette, de couteau, de gourdin… des esclaves qui travaillaient pour rien dans les plantations de canne à sucre, on les accusait de voler des fruits. Et surtout, ils avaient la peau sombre… Un crime impardonnable. La nôtre est plus claire, de ce côté de l'île. Voilà quel genre d'homme était Trujillo. Elle resta silencieuse un moment, puis hocha la tête.

– Trujillo lui-même avait la peau sombre, dûe à des origines haïtiennes dont il avait grand honte. Il masquait son visage sous un épais nuage de poudre de riz, ce qui lui donnait ce teint blafard, de pleine lune, tellement inquiétant. C'est à cause de ses origines, qu'il voulait cacher à tout le monde, qu'il haïssait si violemment les Haïtiens, et c'est aussi pour cela qu'il avait la passion des jeunes vierges au teint très clair, comme Minerva : il espérait laver, à leur contact, ce qu'il considérait comme une souillure originelle.

Elle cassa une branche morte entre ses doigts, le claquement me fit tressaillir.

– Minerva était une toute jeune fille quand elle a osé lui résister. Un jour il est venu à la fête de l'école et il a vu Minerva, si jolie déjà. Il l'a montrée à un homme dont le rôle était de lui amener ses proies dans une grande maison – la Maison Acajou.

Adela s'est signée, l'air d'une enfant effrayée.

– Dieu sait combien il y en a eu, des jeunes filles, à passer par la Maison Acajou... Dieu sait combien de hurlements ces murs épais ont étouffés !

Un jour cet homme est venu chez nous, avec une belle invitation en lettres d'or sur du beau papier, je m'en souviens encore. C'était le début de nos malheurs, mais je ne le savais pas : j'étais si petite...

Dès qu'il a ouvert la lettre, papa est devenu tout pâle.

– Vous viendrez ? Avec votre fille Minerva bien sûr...

Je n'oublierai jamais le ton de sa voix, quand il a dit Minerva. Dès qu'il est parti, papa a pris sa tête entre ses mains.

– Mon Dieu, qu'est-ce que je peux faire ?

– On va y aller tous ensemble, a dit maman, il ne pourra rien faire à la petite, si nous sommes là.

– Trujillo est le maître, il fait ce qu'il veut.

– Pas devant tout le monde, voyons.

Minerva souriait :

– Tout va bien se passer, n'ayez crainte.

Elle n'avait jamais peur de rien, jamais...

Elle savait dompter ses peurs... Moi, je ne sais pas.

L'air triste qu'elle a eu, disant cela, Adela...

Une petite fille coupable, honteuse d'avoir survécu. Peux-tu comprendre qu'on puisse se sentir coupable d'être en vie, alors que les autres sont mortes ?

Même si en toi, elles vivent encore.

Là,

Eliza, je ne sais plus si c'est elle ou moi, qui parle… Je ne sais plus, je ne sais pas.

Ce sont ses mots à elle, mais c'est de ma bouche qu'ils jaillissent, comme des larmes.

le bal forcé

On a marché dans l'allée, Adela et moi, à l'ombre des grands arbres sombres, elle m'a montré les nénuphars, leurs corolles blanches cerclées de vert qui tournaient sur l'eau noire : les reines du bal.

– Elle aimait tellement les nénuphars, Minerva… Elle s'en coiffait, elle posait une corolle blanche sur ses cheveux de jais, elle avait l'air d'une fée, en la voyant si belle, si gaie, tout le monde riait. Partout où elle allait, elle amenait la joie.

Dédé a soupiré, elle a posé ses mains sur ses yeux, comme si elle refusait de voir quelque chose de terrible, une tornade minuscule à l'horizon, et qui grandit, grandit…

– … Et puis le jour du bal forcé est arrivé, tous les gens chics de Santiago étaient là. Maman avait cousu de jolies robes : la mienne était rose thé, celle de Patria vert amande, celle de Maria-Teresa gris perle, et celle de Minerva d'un bel azur, couleur du ciel en été… Une merveille ! avec son petit sac et ses escarpins assortis. Elle lui allait tellement bien…

Dès qu'elle est entrée dans la salle de bal, avec ses beaux cheveux noirs piquetés de jasmin bleu – maman avait passé plus d'une heure à nous coiffer – toutes les têtes se sont tournées vers elle. Tout le monde a cessé de valser, à croire que le temps s'était arrêté.

Et pourtant, il y en avait, des jolies femmes, dans cette salle de bal. Nous n'étions que des filles de la campagne, et Minerva était la plus belle.

Trujillo a fendu la foule, comme un requin fonce vers sa proie, et il l'a invitée à valser. Il portait toutes ses décorations sur son uniforme rouge vif, j'avais l'impression qu'il ruisselait de sang, sous l'or des lustres. Tous les violons se sont mis à jouer, très fort ! Pour mieux nous étourdir.

Papa, maman et moi, on s'est assis, on les a regardés danser. Trujillo dansait bien, pour un homme de son âge – c'était un vieillard, déjà. Il serrait Minerva de trop près, il avait posé sa vilaine patte sur son dos, comme une araignée, elle faisait tout pour se dégager. Mais elle ne pouvait pas refuser de danser avec lui, il se serait vengé sur nous...

Tout le monde le savait, dans la salle de bal.

Les femmes chuchotaient en les voyant tourner, encore et encore. Et ça n'arrêtait jamais, de plus en plus vite... À croire qu'ils étaient ensorcelés.

Trujillo lui a dit quelque chose à l'oreille, il a posé sa grosse bouche écarlate sur la délicate oreille de Minerva, elle est devenue toute pâle, elle a porté sa main à son front, elle a vacillé... ils ont arrêté de danser. Cette nuit-là, il n'a pas insisté, elle est rentrée à la maison avec nous, il lui a fait un baisemain en la raccompagnant à la voiture.

– À bientôt, ma chère enfant, lui a-t-il dit, d'un ton lourd de menace.

Maman était livide, papa serrait les dents.

Il ne fallait surtout pas faire de scandale !

Sinon il nous aurait jetés en prison, tous les six.

Pendant quelques jours, la vie a repris comme avant. C'étaient les vacances, on aidait à la ferme, on jouait, les voisins venaient nous rendre visite, nous commencions à nous intéresser aux garçons…

Puis, un autre carton doré est arrivé.

Cette fois Trujillo nous invitait à passer deux jours dans sa maison de campagne. Il aurait voulu que Minerva vienne seule, mais il n'en était pas question, et une fois de plus nous l'avons tous accompagnée.

Comme si à nous six, en famille, on avait pu arrêter le cours des choses… Pauvres de nous !

Le monstre ouvrait grand sa gueule pour nous avaler.

Mais viens, allons dans la maison, je vais te montrer les photographies.

dans la gueule du monstre

On est entrées dans un joli petit salon, Adela et moi, les persiennes étaient tirées. Elle s'est assise devant un secrétaire en bois clair, elle a ouvert un tiroir, elle a sorti une grande photo : une ravissante jeune fille en robe de bal, avec un sourire irrésistible…

Elle a soupiré.

– Sa première robe de bal… je dois l'avoir encore quelque part, rangée dans une armoire.

Elle s'est tournée vers moi, l'air navré.

– Tu sais, je ne peux rien jeter, j'ai tout gardé. Antonio a raison : je suis la gardienne du mausolée. Maintenant que les enfants ont grandi, à présent qu'ils sont tous partis, me laissant seule ici, avec l'ombre lumineuse de mes sœurs… il ne me reste plus que les choses à garder, les belles et tristes choses du passé.

Elle m'a regardée avec bonté.

– Mais ça ne t'ennuie pas, toutes ces histoires ? Je ne suis pas trop bavarde ?

– Mais non Adela, au contraire… je veux tout savoir.

– On en a pour un moment alors… Mais c'est une histoire qui finit très mal, tu le sais : le contraire d'un conte de fées.

– Je ne suis plus une enfant… j'ai passé l'âge des contes de fées.

– Alors je vais tout te raconter.

On s'est assises dans le salon, il faisait trop chaud pour rester dehors.

– … Donc, ce jour-là, une magnifique voiture est venue nous chercher. Quand maman l'a vue, elle s'est pris la tête dans ses mains et Minerva lui a dit :

– N'aie pas peur maman. Tu te souviens du bal ? Je t'avais dit que tout se passerait bien.

Minerva a refusé la voiture, elle a dit que nous étions des gens simples : nous préférions venir avec la nôtre.

– Au moins nous ne sommes pas pris au piège, a-t-elle dit à papa, nous pourrons partir quand nous voudrons.

Notre père ne voulait pas le montrer mais il était très inquiet, Minerva faisait tout pour nous rassurer.

Et nous, on allait passer la nuit chez un homme effroyable, celui dont chaque famille devait avoir le portrait dans son salon – bien obligé – et, sous sa photo, il y avait écrit : Trujillo est le maître dans cette maison. Et c'était la même chose dans toutes les maisons du pays : celui qui aurait osé ôter la photo du dictateur, Trujillo l'aurait fait jeter dans un bassin plein d'alligators affamés. Combien ont fini dans la gueule de ces monstres ? Nul ne pourrait le dire, ils ne laissaient même pas les os.

Donc, la mort dans l'âme, nous sommes partis pour la maison du Démon. Dans la voiture, personne n'osait rien dire. D'habitude nous chantions à tue-tête, mais là, silence de mort. Une fois arrivés, nous avons été reçus par le fils de Trujillo, Ramfis… Papa était plutôt rassuré : « Devant son fils, il n'osera pas ! »

Il ne savait pas que le fils était pire encore que le père. Bien que jeune et beau, son âme était encore plus infecte, si c'était possible. La mère de Trujillo était là aussi, une toute petite vieille, minuscule, qui devait avoir près de cent ans, enveloppée dans un flot de dentelles noires, une momie à qui il fallait baiser les doigts.

La soirée ne s'est pas trop mal passée, il y avait une vingtaine d'invités, d'autres jolies filles, et la momie.

J'ai entendu maman murmurer à papa : « Devant sa mère, il n'osera pas ! »

Papa a haussé les épaules.

Minerva était la seule qui semblait n'avoir peur de rien, elle était à l'aise, comme d'habitude, gracieuse, charmante… Minerva.

Le dîner s'est terminé tard, vers minuit nous sommes tous allés nous coucher. Minerva avait une chambre magnifique, pleine de lys, à l'autre bout du couloir.

– Toutes les autres sont prises, avait dit la gouvernante à maman, qui s'étonnait que sa fille soit si loin d'elle.

– Tire bien ton loquet cette nuit… a murmuré maman à Minerva, au moment de se coucher.

Mais il n'y avait pas de loquet.

Mes sœurs et moi, nous nous sommes endormies très vite. Vers une heure, on a entendu un long cri…

– Minerva ! a crié papa – et il s'est précipité vers la chambre de notre sœur.

On a juste eu le temps de voir Trujillo sortir en peignoir de soie écarlate, le visage aussi rouge que le tissu, et Minerva en larmes sur le lit, sa jolie chemise de nuit toute déchirée.

– Vite, rassemblons nos affaires, nous partons ! a dit papa.

Cinq minutes plus tard nous roulions vers la maison, maman n'arrêtait pas de faire le signe de croix.

– Mon Dieu ! Qu'est-ce qui va nous arriver à présent, disait-elle en pleurant doucement.

– Ne t'en fais pas, Minerva n'a rien, tout va bien.

Minerva était assise à l'arrière, toute pâle, elle n'essayait même pas de sourire.

Nous, les petites, nous ne savions que penser.

Nous étions tellement innocentes… Mais nous sentions bien que quelque chose de terrible allait arriver. Le lendemain était un dimanche – je m'en souviens comme si c'était hier, ma petite Mina –, nous nous sommes réveillées tard ce jour-là.

Quand je me suis levée, papa, maman et Minerva était dans le salon, l'air grave.

– Qu'allons-nous devenir ! a gémi maman.

– Tu vas envoyer un télégramme à Trujillo, pour nous excuser, a dit Minerva.

– Il n'y a que ça à faire, a murmuré papa.

Avant d'ajouter :

– Mais Trujillo ne pardonne jamais…

Et ils ont envoyé le télégramme.

La vie a suivi son cours, nous sommes retournées à l'école, à la ferme les travaux ont repris, on rentrait le foin, ma chatte a eu sept petits, je m'en souviens…

Un jour, deux policiers ont frappé à la porte.

Papa leur a ouvert, ils lui ont juste dit :

– Suivez-nous.

Papa est venu nous embrasser, son visage était gris.

– Soyez sages, les filles, je reviendrai bientôt…

Il a serré maman et Minerva dans ses bras, les policiers le pressaient, ils avaient des regards durs, le visage fermé.

– Écoutez bien votre maman surtout.

Minerva est restée longtemps sur le pas de la porte. Bien après que la berline noire a disparu, elle fixait toujours la route en terre. Maman est venue la chercher, elle était comme une statue.

Deux semaines ont passé, nous n'avions aucune nouvelle de papa. Minerva a demandé à notre cousin de l'accompagner au palais :

– Je vais me jeter aux pieds de Trujillo, tant pis ! Arrivera ce qui doit arriver, on ne peut pas rester comme ça, à attendre qu'on nous le ramène mort.

Et ils sont partis à la capitale.

Le soir même, je l'ai entendue raconter ce qui s'était passé à maman. Trujillo l'a reçue dans un de ses salons, elle lui a demandé de laisser notre père sortir de prison ; il avait deux dés sur son bureau, il lui a proposé un marché.

– Nous allons jouer aux dés, Minerva. Si c'est moi qui gagne, tu es à moi, je ferai de toi ce que je veux, si c'est toi qui gagnes, tu pourras me demander ce que tu veux.

Minerva a dit oui. Ils ont joué, ses mains tremblaient…

Elle a lancé les dés… Et c'est elle qui a gagné.

Beau joueur, Trujillo a tenu parole.

– Que veux-tu, Minerva ?

– Je vous demande de laisser mon père sortir de prison, il n'a rien fait de mal, vous le savez…

– Il sortira aujourd'hui, a répondu Trujillo.

– Mais ce n'est pas tout… a ajouté Minerva. Je veux aller à l'université l'an prochain, et suivre des études de droit.

– Accordé… a répondu Trujillo.

Il l'a raccompagnée à la porte, avec un petit sourire :

– Quelle drôle de fille tu es…

Comme s'il la respectait.

Le soir même, papa est rentré à la maison.

Il avait perdu dix kilos, il n'était plus que l'ombre de lui-même, il tenait à peine debout. Il est allé s'allonger, il ne s'est jamais relevé, il est mort huit jours plus tard.

Là, Adela s'est mouchée dans un grand mouchoir bleu.

Un petit chat roux est venu se frotter contre ma jambe, je l'ai pris dans mes bras.

– Mais je parle, je parle, il est tard, tu dois avoir faim !

Elle a sorti du pain et du fromage d'un placard, de magnifiques fruits de la passion qui poussaient contre le mur, au soleil… c'était la première fois que j'en mangeais. Après le dîner, elle m'a accompagnée à ma chambre, celle de Minerva, elle m'a embrassée :

– La suite, ma petite, je te la raconterai demain.

Alors j'ai sorti mon ordi portable et, de mémoire, j'ai écrit – pour toi Eliza – tout ce qu'elle venait de me raconter, et je t'ai envoyé les photos prises au cours de la journée. Les motards, mon beau cousin, le petit chat roux, l'enfant et ses grands buffles noirs… le jardin bleu,

Dédé qui s'essuie les yeux à son tablier, souriante et le regard mouillé.

En triant les photos, j'ai realisé que c'était cette histoire-là que j'étais venue chercher à Santo Domingo. Le silence de mon père, son refus de parler de sa famille, la mort de sa mère… Mon attirance pour mon beau cousin Antonio, depuis qu'il était venu nous voir à San Francisco, sa longue conversation avec mon père… Le jardin d'Adela, ses confidences, les visages rieurs des trois sœurs… C'était comme les pièces d'un puzzle, ici tout s'assemblait – enfin.

un garçon nommé Pericles

Cette nuit-là, j'ai fait des rêves incroyables.

Je ne sais si c'est le récit d'Adela, le fait d'avoir dormi dans le lit de Minerva, dans sa chemise de nuit, brodée par ses mains ? Tout ça mêlé, sans doute…

J'ai rêvé que j'étais elle, vraiment, la jeune fille de la photo c'était moi, j'étais devenue Minerva. Je tournais dans sa belle robe dans la salle de bal, prise en étau dans les bras d'un homme qui était en vérité un gigantesque chat roux aux yeux de feu, son étreinte était brûlante, j'avais beau me tortiller, je ne pouvais pas lui échapper, ses griffes chauffées à blanc s'enfonçaient dans mes bras, il me faisait mal, j'ai crié : mais enfin lâchez-moi !!!… Et mon cri m'a réveillée.

Quel soulagement de me retrouver seule dans la chambre ensoleillée, et pas dans une maléfique salle de bal ! Je me suis lavée dans le petit cabinet de toilette, comme Minerva autrefois, et j'ai rejoint Adela en bas. Nous avons déjeuné sur la table du jardin, le chat roux ne me quittait plus, il avait dormi sur mon lit, je m'étais fait un nouvel ami. Adela a repris son récit.

– … Donc papa n'était plus là, mais maman a tout fait pour que la vie continue, comme avant. Elle était forte, maman… Même sans lui, elle faisait tourner la maison. À la rentrée, Minerva est allée à l'université, étudier le droit : elle était la seule femme, les études étaient réservées aux hommes… et à Minerva.

– Papa serait fier de toi, lui a dit maman, quand elle est revenue, pour les vacances de Noël.

Elle venait juste de fêter ses dix-huit ans.

À la faculté, ses camarades la respectaient : elle avait tenu tête au tyran ! Ce que personne n'avait fait sans perdre la vie… Et elle avait obtenu du bourreau la permission d'étudier le droit ! Elle était une légende, déjà. On la respectait autant pour son intelligence que pour sa beauté. Tous les garçons lui couraient après, mais elle ne pensait qu'à ses études, elle n'avait qu'un seul but : devenir avocate, défendre les faibles, les opprimés. « Soyez toujours du côté de ceux qui n'ont rien ! » nous disait-elle. Nous étions tellement fières de notre grande sœur… Bien sûr, nous étions très tristes de la mort de papa, mais maman faisait tout pour que la joie revienne à la maison. Elle invitait nos cousines, nos cousins étaient comme des frères pour nous, à leur tour ils invitaient leurs amis : tout le monde voulait rencontrer l'incroyable Minerva.

C'est comme ça qu'un jour, notre cousin Pépé nous a présenté son ami Pericles, un farceur que nous trouvions tous très beau.

Tiens, de lui aussi je dois avoir une photo.

Elle est partie en boitillant vers le salon.

– C'est ici qu'elle a été prise, cette photo, sous cet arbre, qui n'était pas si grand. Tu vois la gamine qui le mange des yeux ? C'est moi…

Elle a ri, son regard s'est troublé.

– Tout le monde aimait Pericles à la maison. Maman ne savait pas qu'il était communiste bien sûr… À part Minerva, personne ne le savait. Ils se sont tout de suite entendus, ces deux-là. Tout le monde croyait qu'ils allaient se fiancer, mais ils avaient d'autres projets : renverser le tyran. Pericles organisait des réunions clandestines dans un garage abandonné, il imprimait des tracts, il venait souvent chercher Minerva quand elle était à la maison. Ils allaient au bord de la rivière, ils parlaient à voix basse, nous les petites, on croyait qu'ils parlaient d'amour, mais ils préparaient la révolution… C'était une excellente idée, de jouer les fiancés, comme ça tout le monde leur fichait la paix.

Maman était contente, Pericles était d'une bonne famille, ses parents étaient des gens simples et honnêtes, il avait commencé des études de médecine, il lisait de la poésie française à voix haute en roulant les rrr, ça nous faisait beaucoup rire. À chaque fois qu'il venait, je grimpais sur ses genoux, il avait souvent des petits cadeaux, et surtout il était vraiment drôle. Un clown ! Maman riait aux éclats à peine il ouvrait la bouche, elle lui disait toujours :

– Arrête, Pericles, arrête ! J'ai mal aux joues à force de rire !

Et il partait avec Minerva, au bord de la rivière.

Ils échangeaient des informations en se tenant la main et, pendant ce temps-là, maman brodait un trousseau pour Minerva.

Un jour, il n'est pas venu au rendez-vous... personne ne savait où il était passé. Ni Minerva, ni mon cousin, ni ses parents, ni ses camarades d'université...

Un mois plus tard, on a retrouvé son corps dans un fossé, affreusement torturé.

Quand elle a appris la nouvelle, Minerva a couru s'enfermer dans sa chambre... Elle n'en est sortie que le lendemain, les yeux secs.

– J'aurais préféré qu'elle pleure, a dit maman, là je sens que quelque chose de terrible va nous arriver.

C'est à dater de ce jour – la mort de Pericles – que Minerva est vraiment entrée en résistance.

À l'université, elle a rencontré un jeune homme – le père de ton père – qui lui aussi faisait partie du même groupe de résistants. Ils se voyaient la nuit, ils imprimaient des tracts, qu'ils laissaient avant l'aube dans les rues de la ville.

C'était très dangereux, si quelqu'un les avait dénoncés on les aurait jetés en prison, et personne ne les aurait jamais revus. Mais il y a un Dieu pour les inconscients.

À la maison, Minerva ne nous parlait jamais de ce qu'elle faisait, surtout pas ! Elle nous parlait chiffon, elle nous faisait de jolies robes, copiées sur des modèles de Paris... Elle avait des doigts de fée !

Tout ce qui sortait de ses mains était ravissant, unique, même une simple tarte aux pommes ou des beignets aux fleurs d'acacia, faits par elle, avaient un goût de paradis. Seulement, elle avait beau être discrète,

Patria et Maria-Teresa commençaient à se douter de quelque chose. Un jour, Patria a fouillé dans ses affaires, elle a trouvé un tract. Elle l'a attendue toute la soirée :

– Moi aussi, je veux faire la révolution ! Emmène-moi à une de tes réunions !

– Moi aussi ! a dit Patria, nous ne sommes plus des enfants ! Nous aussi nous voulons chasser le tyran !

Je n'ai jamais vu Minerva aussi en colère.

Elle qui était toujours calme, d'humeur égale…

Elle est devenue toute rouge.

– Vous êtes complètement folles toutes les deux – des collégiennes écervelées ! Vous savez ce que c'est que la torture ? Ce qu'ils font aux femmes, là-bas ? Vous voulez mourir avant d'avoir vécu ?

– Tu peux dire ce que tu veux – nous viendrons.

– Si toi tu n'as pas peur, pourquoi aurions-nous peur ?

– Tu parles comme papa, mais tu n'es pas notre père !

Elle a résisté pendant des semaines, et puis un jour Patria l'a suivie, elle est entrée dans le hangar où se tenait une réunion secrète… Minerva était furieuse, elle ne voulait rien savoir, mais Patria a su plaider sa cause… Ensuite Maria-Teresa est venue à son tour. Minerva a fini par accepter, elle était fière de ses petites sœurs en vérité.

Moi, j'étais trop jeune, trop bavarde aussi ! Alors je restais à la maison, avec maman.

Tu vois, j'y suis toujours ! a-t-elle dit en souriant, les larmes aux yeux.

Le jardinier haïtien est passé avec son balai, il ratissait les feuilles qui traînaient dans l'allée, Dédé m'a pris la main.

– Viens, Mina, allons voir les nénuphars dans la mare. Minerva les aimait tellement… surtout les bleus.

Je me suis penchée au-dessus de l'eau noire et, sur le reflet sombre, j'ai vu le visage de Minerva, tout à côté du mien. Ou alors c'était le même ? Je ne sais plus, je ne sais pas.

– Ils sont splendides, ces nénuphars… j'ai juste dit à Dédé.

– Au printemps, je jette un peu d'ardoise pilée au fond de l'eau, c'est pour ça qu'ils sont d'un si beau bleu… la poudre de pierre se dissout, et la couleur se dilue dans les pétales.

la vengeance de Trujillo

Ensuite nous avons déjeuné, un repas tout simple, des fruits, du fromage blanc, du jambon sec… Je me suis allongée sur l'herbe, à l'ombre de l'arbre… Adela était assise sur le banc de pierre, elle tricotait des chaussons pour son dernier petit-fils, je regardais ses doigts habiles manier les quatre aiguilles à toute vitesse, entre ses mains de fée le fil de coton bleu tournait, tournait… Le fil qui nous relie au passé ?

J'ai fermé les yeux, pour mieux l'écouter.

J'avais la gorge serrée par l'angoisse, mais je voulais connaître la fin de l'histoire – après tout, c'était aussi un peu la mienne – alors Adela a repris son récit.

– … Et puis les années ont passé, nous devenions des jeunes filles, même moi la petite… Un jour j'ai coupé ma natte, j'en avais assez d'être traitée comme une gamine ! Je voulais me coiffer comme les grandes, avoir les cheveux aux épaules… Maman a pris ma natte, elle l'a rangée dans un tiroir, elle doit être en haut quelque part.

Minerva était très brillante à l'université, elle était parmi les premières, toujours… Est venu le jour des diplômes, c'est Trujillo qui remettait leur parchemin aux lauréats. Nous étions toutes les cinq dans la salle, avec les familles des étudiants, tellement fières... Minerva est montée sur l'estrade, Trujillo lui a dit, d'une voix forte :

– Toujours aussi belle, Minerva... Je t'ai promis de te laisser faire des études de droit, mais je n'ai jamais dit que tu pourrais devenir avocate ! Non, tu vas te marier et rester à la maison : le rôle d'une femme est de s'occuper de ses enfants, pas de plaider !

Il a jeté son diplôme à la corbeille, et il a écrasé son cigare dessus, devant tout le monde.

Minerva n'a rien dit, elle est sortie la tête haute, les yeux secs... C'est seulement dans la voiture qu'elle a éclaté en sanglots. Et voilà comment Trujillo s'est vengé.

Mais ce n'était qu'un début... À dater de cette année-là, son règne de terreur a basculé dans la folie. Ses policiers abattaient n'importe qui dans les rues, les gens disparaissaient par familles entières, on entendait des hurlements sans fin derrière les murs de la prison.

Tu crois que ça aurait dissuadé Minerva ? ou mes sœurs ? Pas du tout ! Les réunions avaient lieu de plus en plus souvent, au contraire. Simplement elles faisaient encore plus attention. Tu sais ce qu'elles avaient inventé, pour n'être comprises de personne ? Elles se parlaient en latin ou en grec ancien.

Mais un jour, des policiers sont venus.

Il faisait nuit noire quand ils ont frappé à la porte de la maison. Je m'en souviendrai toujours, les coups résonnent encore dans ma tête, certaines nuits ils m'empêchent de dormir.

Adela s'est levée, elle a posé le chausson du petit, il était terminé.

– Attends-moi ici, ma jolie, je vais nous faire un bon café. Mon rhum vient d'Haïti, mais le café vient d'ici… a-t-elle dit un peu plus tard en déposant une cafetière fumante sur le banc.

les trois sœurs en prison

On a bu le café, elle a regardé le marc au fond de ma tasse :

– Tu as vraiment bien fait de venir, ma petite Mina… Ce voyage va changer ta vie.

Je sentais qu'elle disait vrai.

Jusqu'ici, je ne savais pas vraiment qui j'étais, d'où je venais… On a besoin de connaître l'histoire de ses origines, pour être en paix avec soi-même.

Tu sais bien de quoi je parle, Eliza…

Ensuite, Adela a repris son récit.

– Donc un jour, des policiers sont venus. C'était fatal… Ils étaient six, habillés tout en noir, ils étaient terribles à voir. Maman pleurait, elle s'est jetée à leurs pieds :

– N'avez-vous pas de mère, de sœurs ? N'avez-vous aucune pitié ? Ce sont des enfants ! Elles n'ont rien fait ! Emmenez-moi plutôt !

Le chef lui a donné un violent coup de crosse.

– Ta gueule, la vieille !

Elle est tombée sur le sol.

J'ai tout vu : Minerva m'avait cachée derrière le rideau du salon.

– Surtout, quoi qu'il arrive, ne bouge pas ! Ne t'en fais pas, nous reviendrons.

Elles n'ont même pas eu le temps de prendre leurs affaires. Nous étions estimées dans le pays : l'arrestation des sœurs Mirabal a fait du bruit.

Ma mère était très pieuse, et aussi mes oncles et mes tantes, nous avions un grand-oncle prêtre, qui était un ami de l'archevêque de Santiago…

Notre mère a remué ciel et terre, elle en a tant fait que Trujillo a dû céder : c'était délicat pour lui de se mettre l'Église à dos. Et puis il était allé tellement loin dans l'horreur et dans la folie… Même ses amis d'hier n'étaient plus à l'abri. Un colonel dont il avait fait tuer le fils avait monté un complot contre lui, il était mort sous la torture, mais ça avait failli réussir.

Alors Trujillo a donné l'ordre que l'on relâche Minerva, Patria et Maria-Teresa.

Une voiture de police les a laissées un matin devant la maison, maigres à faire peur, la tête pleine de poux, le corps couvert de gale.

Jamais elles ne se sont plaintes, jamais elles n'ont voulu raconter ce qu'elles avaient vécu là-bas, en prison. Dès qu'elle a été remise, assez vite en fait, Minerva s'est mariée, avec l'étudiant en médecine qui allait devenir ton grand-père.

Ils se sont mariés discrètement, on a juste fait une fête toute simple à la maison, et Minerva est tombée enceinte aussitôt après.

Tu crois que ça l'aurait assagie ? Au contraire !

Elle a redoublé d'énergie.

– C'est pour toi que je fais tout ça, mon petit, disait-elle en posant la main sur son ventre rond.

Ce petit, Mina, c'était ton papa.

La révolte gagnait du terrain, les gens disparaissaient, les policiers étaient de plus en plus violents, Trujillo devenait enragé, il a même tenté d'assassiner Betancourt, le président du Venezuela.

Là, ses alliés américains ont trouvé qu'il allait un peu loin. Son fils Ramfis est entré dans la danse : très beau, encore plus atroce que son père, si c'était possible, encore plus cruel, assoiffé de violence. Lui aussi, les jeunes filles, il adorait ça, et de préférence par la force. Avec ses amis, un soir il a enlevé la fille d'un général proche de son père, une toute jeune fille, ils l'ont forcée à boire, ils l'ont laissée inanimée devant l'hôpital, elle est morte au matin.

Il n'y avait plus aucune limite, personne n'était plus à l'abri de la folie sanguinaire du père et du fils.

Les gens étaient désespérés, prêts à tout. Avant on pouvait encore se dire que si on se tenait tranquilles, si on fermait les yeux, si on avait des amis bien placés... mais ces deux fous et leur police secrète – la terrible SIM, trois lettres qui répandaient la terreur – s'en prenaient à n'importe qui. Mes sœurs s'étaient fiancées, leurs amis eux aussi étaient dans la lutte.

Moi, elles me laissaient toujours à l'écart.

– Il en faut bien une qui vienne nous apporter des oranges en prison ! disait Minerva en riant quand je parlais de les suivre. Elle ne croyait pas si bien dire...

Adela s'est levée, elle est allée nous chercher de l'eau.

– Ça m'assèche la gorge, de tant parler…

J'entendais ses paroles : « Cet enfant Mina, c'était ton papa… »

Soudain j'ai réalisé combien il avait dû souffrir.

Son courage à lui avait été de tenir, d'avancer, de vivre, tout simplement… Au prix d'un silence de mort.

Mon pauvre papa… ai-je pensé soudain.

Pauvre orphelin.

le chemin vers la montagne

Adela a posé une carafe embuée sur le banc, elle a bu à longs traits, puis elle a repris son récit, en attaquant le deuxième petit chausson bleu. J'étais fascinée par le jeu des quatre aiguilles… ses doigts allaient si vite ! Aussi vite que sa langue d'oiseau dans sa bouche.

– Et puis un jour, le jeune mari de Minerva a été jeté en prison, et tous leurs amis, j'étais la seule à l'écart :

– Tu es bien trop petite pour faire la révolution…

J'étais le témoin muet du drame qui se jouait.

Trujillo n'osait plus s'en prendre aux sœurs Mirabal directement, elles étaient devenues un symbole depuis leur libération, alors il s'en prenait à leurs proches. Minerva était adorée, elle était presque l'objet d'un culte, ça la faisait rire d'ailleurs.

– Moi qui rêvais d'une vie tranquille !

Son mari ne voulait plus qu'elle vienne le voir en prison.

– C'est bien trop dangereux, Minerva ! Nous nous reverrons à ma libération.

– Pense aux enfants, ils sont si petits, ils ont besoin de leur maman ! disait ma mère.

Mais elle était toujours aussi entêtée.

– C'est pour eux que je fais ça, pour nos enfants, pour qu'ils grandissent libres et heureux !

En ce temps-là, je faisais tout le temps des cauchemars. Le même, souvent : mes trois sœurs étaient au fond d'un puits, l'eau montait, elle leur couvrait les épaules, le menton, la bouche… Je tendais la main, j'essayais de les sauver, je me penchais, j'étais prête à basculer… Et il n'y avait plus que l'eau noire.

À chaque fois je me réveillais en hurlant, maman me prenait dans ses bras comme un petit enfant.

J'avais peur pour elles, tellement peur…

Plus peur encore de ne rien pouvoir faire, je me sentais tellement impuissante…

Et un jour, elles sont parties pour la montagne.

Avec un jeune chauffeur, un garçon en qui elles avaient toute confiance, recommandé par mon cousin.

Je me souviendrai toujours de ce matin où elles s'en sont allées, vers le nord.

On était à la fin novembre, le 25…

Un temps de rêve, pas trop chaud, un vent léger.

Juste avant qu'elles partent, j'ai couru vers elles, je leur ai donné un petit panier plein de fruits de la passion, ceux qui poussent contre le mur, ceux que tu as mangés hier soir – Minerva les aimait tellement… Elle m'a embrassée sur le front.

– Tu es mignonne, petite Adela… Ne t'en fais pas, dans trois jours au plus tard, nous serons de retour.

J'ai vu la voiture s'éloigner, c'était le 25 novembre 1960… Je ne les ai plus jamais revues.

Dédé a soupiré, elle est restée silencieuse, concentrée sur la pointe du chausson.

– C'est délicat, je ne peux pas parler et tricoter en même temps… a-t-elle dit, mais j'ai vu la larme sur sa joue.

Elle a fini le chausson, elle s'est essuyée du revers d'un doigt, l'air de rien, elle a bu un peu de café froid.

– C'est surtout quand il est froid que l'on apprécie son arôme, au café d'ici, il sent la noisette grillée…

Elle a posé sa tasse, elle a repris son récit.

– Depuis la prison, Alfredo, le mari de Minerva, avait entendu parler d'un complot. Il avait écrit un message à Minerva, il l'avait confié à quelqu'un, qui l'avait passé à quelqu'un d'autre… Sur ce message il y avait écrit : « Surtout ne passez pas par la montagne ! Suivez la grand-route ! » Le message s'est perdu.

Minerva était joyeuse ce matin-là, elle chantait dans la voiture, elle était toujours gaie, souriante, même quand elle avait peur, surtout quand elle avait peur. Elle savait toujours donner du courage aux autres. Bien des gens les ont vues en chemin, tout le monde levait son chapeau pour les saluer.

Elles étaient très aimées… Elles faisaient toujours le bien autour d'elles. Et puis elles étaient si belles… Mais jamais autant que ce matin-là : trois petits soleils.

– Prends bien soin du jardin ! m'a crié Minerva, il faut tailler la bougainvillée, sinon au printemps elle ne refleurira pas.

Alors c'est ce que j'ai fait, ce matin-là : j'ai taillé la bougainvillée. Tu vois comme elles sont belles, ces fleurs ? C'est grâce à Minerva, c'est elle qui l'avait plantée celle-là. Tu as vu ces couleurs ? Il n'y en a pas deux comme celle-là dans toute l'île.

À ce moment-là, elle a bougé, la tasse est tombée, elle s'est brisée.

– Ça porte bonheur ! elle a dit en s'essuyant les yeux.

J'ai ramassé les morceaux, Adela a continué, la voix enrouée.

– Donc, elles sont parties. Ce qui s'est passé ensuite… elles n'étaient plus là pour le raconter, on a dû le reconstituer. Il semble qu'en chemin, le chauffeur s'est perdu. Il a failli prendre la grand-route, et puis il s'est ravisé. On a dit qu'il avait trahi. Mais c'est faux ! Archifaux. C'est Minerva qui lui a dit de prendre cette route-là, à travers la montagne. Il faisait si beau… Les prés étaient couverts de fleurs, il y en avait partout, dans les buissons, sur les pentes…

Le pays tout entier était un immense jardin.

Et puis soudain, alors qu'elles chantaient gaiement toutes les trois, la voiture a fait une embardée, un pneu venait de crever. Le chauffeur s'est arrêté, il est descendu, il a voulu changer la roue… Deux grandes voitures noires ont surgi d'on ne sait où, en pleine montagne. Personne ne pouvait les voir, il n'y avait aucun village, aucune maison. Personne… Aucun témoin. Huit hommes armés de bâtons ont sauté de voiture, ils ont ordonné à mes sœurs de descendre.

Elles ont tout de suite compris…

Ils les ont poussées sur le chemin, et là, ils les ont battues à mort, massacrées à coups de gourdin.

Ils ne pouvaient pas leur tirer dessus, il fallait faire croire à un accident.

Alors ils leur ont brisé le crâne et les os…

Leurs pauvres têtes – éclatées…

Adela a fermé les yeux, et moi aussi.

Toutes les deux, nous avons fait le noir ensemble sur cette vision effroyable : le massacre des trois sœurs.

Les yeux fermés, je voyais leurs jolies têtes broyées, leurs cervelles éparses, leur sang rouge vif sur la terre noire. Soudain, j'ai pensé à mon père, à sa souffrance d'orphelin, toujours vivace…

Pauvre papa, ai-je pensé, pauvre papa.

En même temps qu'Adela, j'ai pleuré.

J'ai pensé à cette expression : les liens du sang…

J'ai senti soudain comme elle était juste et terrible… *les liens du sang*.

Adela s'est mouchée dans son grand mouchoir bleu.

– Ma pauvre petite…

Elle a repris son récit.

– Ils ont aussi frappé à mort le chauffeur, ils ont mis les quatre corps dans la voiture, ils ont poussé la voiture dans le ravin. Puis ils sont partis dire à Trujillo qu'il était enfin débarrassé de Minerva Mirabal et de ses sœurs.

L'infâme a bu du champagne pour fêter ça.

– Tu vois, Minerva, j'ai fini par t'avoir !

Un paysan qui s'en allait au marché a vu la voiture en bas, il est descendu avec une corde, il a tout de suite compris qui étaient les trois jeunes mortes.

Il a couru au village, et en rien de temps la nouvelle a fait le tour du pays. Personne n'a cru à un accident, évidemment… Tout le monde savait qui était derrière ce sauvage assassinat.

Mon cousin est venu à la maison, l'air ravagé, maman a posé son doigt sur ses lèvres :

– Ne dis rien, Manuel, je sais, elles sont mortes, je sais.

Elle a ajouté :

– Elles sont mortes, mais elles ne sont pas vaincues, Trujillo est perdu.

la victoire des sœurs Mirabal

Adela s'est levée :

– Viens, marchons un peu.

Elle m'a donné le bras, nous avons parcouru l'allée qui faisait le tour du jardin, lentement, en chemin elle arrachait des herbes folles ; devant un mur de pierre, sous un poirier en espalier, il y avait un banc de bois, on s'est assises là.

– … Elle disait vrai, ma petite maman. À l'annonce de leur mort, Trujillo a eu tort de boire le champagne : c'est à sa mort à lui qu'il trinquait.

L'assassinat des sœurs Mirabal a précipité la révolte à travers le pays, même ses alliés d'hier s'y sont mis.

Il a fini assassiné lui aussi, sur une route, abattu avec son chauffeur, le corps criblé de balles.

Bien sûr le pays a mis du temps avant d'être libre ; son fils, Ramfis, a tout fait pour venger son père, mais à son tour lui aussi a été renversé.

Adela s'est levée, elle a touché les branches noires et sèches du poirier.

– Celui-là aussi, c'est Minerva qui l'a planté, il en a donné des fruits, qu'est-ce qu'on a pu en manger… Mais cette année, rien. Il est comme moi à présent : tout vieux tout sec… Juste bon à finir à la cheminée. Il faut que je demande au jardinier de le débiter, ça sent si bon quand ça flambe, le poirier…

Elle s'est tournée vers moi, les yeux rougis.

– Et voilà, Mina, mon histoire est finie.

Toi tu es au printemps de ta vie…

Tu as pris l'avion comme une grande, tu es venue voir la vieille Dédé toute seule dans son jardin, au milieu des fleurs que Minerva aimait tant, et le jardin est encore plus beau qu'avant…

L'ombre est douce et le jasmin refleurira.

Tu viens de loin, tu ressembles à Minerva comme une sœur, et tu me dis que tu veux faire du droit…

La vie nous joue de drôles de tours, ma petite Mina.

– Mais toi, Adela… Qu'es-tu devenue, après ?

Elle a soupiré.

– Oh moi… Une vie banale. Je me suis mariée, j'ai eu des enfants, un mari gentil… il a fait ce qu'il a pu, le pauvre, avec tous ces fantômes…

Chaque jour je pensais à mes sœurs, et surtout chaque nuit. Mais il fallait bien que je vive, que je prenne soin des enfants : les miens, et ceux de mes sœurs, qui avaient à peine connu leurs mères, les pauvrets. Ton père parlait très peu déjà, si sensible, très intelligent… Il était le portrait craché de Minerva, il avait son regard, son sourire aussi : le merveilleux sourire de Minerva, que je retrouve aujourd'hui sur tes lèvres, ma petite Mina.

Elle s'est mouchée, encore une fois.

– Une année, mes fils sont allés à la montagne, avec leurs cousins, ils ont tiré l'épave du ravin.

Elle est là, devant la maison, tu l'as sans doute vue en passant – tu n'y as peut-être pas prêté attention ?

Parfois le soir je vais la voir, et je pense à elles trois, à leurs derniers instants.

Je suis sûre que jusqu'à la dernière seconde, elles ont été pleines de courage. Mais je me trompe peut-être ?

À quoi pense-t-on quand on est si jeunes, pleines de vie, et qu'on va mourir sous les coups ? Peut-on penser au jasmin qui fleurira pour les autres ?

Elle m'a caressé les cheveux, une larme a roulé sur sa joue :

– Je ne sais pas, ma petite Mina, vraiment, je ne sais pas.

Je me suis levée, j'ai marché dans le jardin, j'avais besoin d'être seule… J'ai pleuré contre un arbre, ça m'a soulagée, et puis j'ai envoyé un message à Antonio :

– Tu peux venir me chercher quand tu veux.

Il m'a envoyé un sourire en réponse.

– Oh, mais attends ! a dit Adela quand je suis revenue, je vais te montrer quelque chose.

Je l'ai entendue monter les escaliers, elle est revenue avec un objet roulé dans du papier de soie, elle le portait avec précaution, comme si c'était un être vivant. Elle a posé le long rouleau rose pâle sur la table, elle a ôté le papier avec délicatesse…

Une immense tresse noire est apparue.

Longue, longue, interminable ; large, épaisse…

La plus belle tresse que j'ai jamais vue.

– Ce sont tes cheveux ? Ceux que tu as coupés quand tu étais enfant ?

– Oh non ! Les miens étaient loin d'être aussi beaux... Ceux-ci, vois-tu, ce sont les cheveux de Patria, elle les portait encore très longs, quand on l'a assassinée...

Elle ne les avait jamais coupés, personne n'osait y toucher, maman passait des heures à la coiffer.

Et là, quand on est allées reconnaître leurs corps à la morgue... maman a vu les splendides cheveux de Patria couverts de sang coagulé – elle avait beaucoup saigné de la tête –, c'est à sa longue chevelure qu'elle l'a reconnue, son visage était couvert d'un masque de sang sec, un masque de cuir rouge... Alors elle a fait ce qu'elle n'aurait jamais fait du vivant de sa petite fille : elle a pris des ciseaux, elle a tranché la longue natte ras la nuque, elle l'a ramenée à la maison.

Elle l'a laissée toute une nuit dans une grande bassine, elle l'a rincée vingt fois, elle l'a posée sur une branche au soleil, le vent l'a séchée, ensuite elle a passé toute une journée à la démêler, à la tresser...

Elle murmurait sans se lasser les berceuses qu'elle nous chantait le soir, quand nous étions petites, pour qu'on s'endorme enfin...

Puis elle l'a nouée avec des rubans, ces rubans de soie que tu vois là. Les couleurs sont fanées, mais la chevelure de Patria est aussi fraîche et vivante que si elle était ici avec nous, dans ce jardin.

J'ai caressé la natte du bout des doigts, elle était tiède et vivante, une larme a roulé sur ma joue...

J'ai vu le message qu'Antonio venait de m'envoyer :

– Je t'attends au bout du chemin.

La cuisinière haïtienne est venue, la femme du jardinier, Dédé m'a présentée, elles ont parlé du déjeuner, ses petits-enfants devaient arriver, c'était le moment de prendre congé.

– Tu ne veux pas rester manger avec nous, tu es sûre ? m'a dit Dédé, les yeux brillants.

– Je ne peux pas, Antonio m'attend…

– Va vite, je comprends.

Elle m'a serrée dans ses bras, fort, longtemps.

En sortant j'ai revu l'épave que j'avais aperçue la veille, à présent je savais d'où elle venait…

J'ai frémi en passant devant.

J'ai couru jusqu'au bout du chemin, j'entendais la bachata : *Que se mueran… (Je veux Qu'ils meurent !)* Oh cette voix, rauque et suave, à la fois…

Antonio m'attendait dans la voiture les yeux fermés en écoutant la chanson, je me suis assise à côté de lui sans faire de bruit.

– Ah te voilà, ma jolie… a-t-il dit en me caressant la joue. Tu as pleuré, je vois…

Il m'a embrassée, il m'a regardée, l'air attendri, en me tendant un mouchoir.

– Essuie-moi ces beaux yeux tout brillants s'il te plaît… Je ne veux pas de femme en larmes dans ma voiture, après on dira que c'est moi qui te fais pleurer.

J'ai souri en prenant le mouchoir, je me suis remaquillée dans le rétroviseur, à peine… Juste une ombre bleue sur les paupières.

– Tu es jolie comme ça, tu as l'air d'une femme, et plus d'une enfant…

Il a allumé une cigarette.

– Et voilà, tu la connais maintenant, la triste histoire des merveilleuses sœurs Mirabal…

Il a démarré.

– On va danser jusqu'à la nuit et ensuite on dormira sous les étoiles, ça te va, petite Mina ?

J'ai posé ma main sur la sienne :

– Ça me va.

En arrivant au village, il m'a pris la main.

– Viens, je vais te montrer quelque chose, ou plutôt quelqu'un.

On s'est arrêtés devant un étrange jardin tout en bazar, le contraire du jardin si soigné d'Adela, avec un tas de vieux meubles jetés pêle-mêle, devant une maison qui aurait pu être jolie, si elle n'avait été tellement en désordre elle aussi. Et là, dans un rocking-chair, à l'ombre d'un arbre, il m'a montré une vieille femme qui se balançait, les yeux ouverts.

– Bonjour Hermania ! a dit Antonio.

La femme a souri, elle est devenue gracieuse, son sourire lui donnait presque l'air d'une jeune fille.

– Je te présente ma cousine Mina.

Elle m'a fait un petit signe de la main, comme une poupée, une voix de petite fille :

– *Hola* Mina…

J'ai répondu :

– *Hola*…

Antonio m'a prise par le bras, on a marché un peu. À voix basse :

– Dédé t'a parlé de Trujillo bien sûr…

J'ai fait oui de la tête.

– Cette vieille femme que tu vois là, c'est sa dernière concubine, elle avait quinze ans quand il l'a choisie, il lui a offert cette maison juste avant d'être tué.

Je l'ai vue tout autrement, cette petite vieille qui se balançait dans son jardin triste et sale.

– Et toi tu lui dis bonjour, alors qu'elle a été la maîtresse de ce monstre ?!

Il a haussé les épaules.

– Et tu veux que je fasse quoi ? Que je lui jette des pierres ? Elle avait quinze ans quand Trujillo l'a fourrée dans son lit. C'était une enfant…

Il a ajouté :

– Tout le monde ne peut pas être une héroïne comme les sœurs Mirabal et sacrifier sa vie…

Il m'a entraînée vers la grand-place du village.

– Allez, viens, allons danser ! Oublions le passé. Tu entends la bachata ? Elle nous appelle !

J'ai jeté un dernier coup d'œil à Hermania, elle avait l'air d'une vieille poupée oubliée sur son rocking-chair, elle caressait sa longue longue natte blanche en me regardant, un regard étrange, comme si elle voyait quelque chose enfoui en elle, profond, profond…

Je lui ai dit au revoir de la main, elle n'a pas réagi, je crois qu'en fait elle ne me voyait pas.

– Elle l'a payée bien cher, sa petite maison, la pauvre Hermania…

Antonio m'a pris la main et on a couru vers la musique, les cafés sur la place, les jeunes en bande dansant à l'ombre des arbres…

– *Viva la musica !* a crié Antonio, avec sur son visage une expression où la rage se mêlait à la joie.

On a dansé toute la nuit, et ensuite, sous les étoiles…

Mais chhht… La suite, Eliza, je te la raconterai quand on se reverra. Tu sais, je ne suis plus la même… Il me semble que je suis devenue plus dense, plus pleine qu'avant, depuis que je connais cette histoire, qui est aussi la mienne… Et plus légère aussi : je me sens *libérée*, *délivrée*. Oui, Eliza, ce voyage m'a changée, mais je suis toujours ton amie, plus que jamais, même. Alors, je te reviens, et toi et moi, bientôt, on écoutera la bachata et on dansera toute la nuit devant l'océan, très bientôt…

En attendant je t'embrasse,

Que viva la musica !

Ta Mina

Et la prochaine fois, c'est à Haïti que nous irons, découvrir ton histoire à toi !

postface

Une année, j'ai été invitée en République dominicaine pour le 25 novembre, le jour de lutte contre les violences faites aux femmes, dans le monde entier. Avant d'y aller, je ne savais pas que ce jour était l'anniversaire de la mort des trois sœurs Mirabal, assassinées le 25 novembre 1960 – l'année de ma naissance – sur ordre du dictateur Trujillo qu'elles avaient combattu de toutes leurs forces, pendant leurs courtes vies.

J'ai acheté des fruits à une petite marchande, sur le billet de 200 pesos qu'elle m'a rendu, il y avait les gracieux visages des trois sœurs Mirabal.

Avec mes amis de là-bas, j'ai roulé à travers la campagne, le long de petites routes ensoleillées ; nous nous sommes arrêtés devant la maison où avaient vécu les sœurs Mirabal. Nous pensions qu'elle était vide, inhabitée, mais sur le pas de la porte, nous avons vu une jeune fille, souriante, qui ressemblait à Minerva comme une sœur : sa petite-fille.

Toute la famille était réunie dans la maison, elle nous a accueillis avec chaleur.

Ce jour-là, j'ai regretté de n'avoir pas mis une jolie robe, pour rendre hommage aux trois sœurs et à leur courage.

Aurais-je eu le même à leur place ? J'en doute.

Avant de rentrer, je me suis promenée dans le jardin de Minerva ; Adela – Dédé – était en train de tailler la bougainvillée, elle m'a souri et elle m'a dit :

– Elles sont ici avec moi, mes sœurs, toujours ! dans ce jardin.

Je n'oublierai jamais son sourire, à la fois triste et gai.

En partant, nous sommes passés devant une épave rouillée, juchée sur un piédestal : celle de la voiture où on avait trouvé les corps des sœurs assassinées.

Depuis, je suis rentrée à Paris mais, dans mon porte-monnaie, j'ai toujours le billet de 200 pesos, avec les gracieux visages des sœurs Mirabal.

Et quand vient le mois de novembre, qu'ici il fait gris et triste et là-bas si beau, et qu'Hispaniola tout entière se couvre de fleurs, je pense aux quatre sœurs Mirabal et à Hispaniola, Kiskeya…

Si l'on veut en savoir plus sur la terrifiante ère Trujillo à Santo Domingo, on lira La Fête au bouc, *le magnifique et terrible roman de Mario Vargas Llosa.*

Ouvrage réalisé par
Cédric Cailhol Infographiste.

Reproduit et achevé d'imprimer
par l'Imprimerie France-Quercy à Mercuès
en décembre 2013.

Dépôt légal : janvier 2014
N° d'impression : 31903
ISBN : 978-2-8126-0617-5
Imprimé en France.